爸爸是天使

[德] 莉儿·布莱曼 ● 著　郭力 ● 译

新星出版社 NEW STAR PRESS

MIT EINEM VORWORT VON CORNELIA FUNKE

Mein Papa ist jetzt bei den Engeln

LIËL BRAITMAN

Knaur

原书封面

前　言

莉儿的爸爸死了。在这里我们可以读到爸爸死后莉儿的言语。我们也可以读到，不管我们四岁，还是四十四岁，亲人的死亡会让我们感受到什么。对失去的亲人我们会有绵长的思念。我们会想：怎么会这样？会想：是不是医生的错？会想：如果有上帝，上帝是怎么想的？会想：真有上帝吗？我们会希望，只回忆同亲人在一起的美好时光，忘记一切曾有的争吵、气恼和不快。

这一切在孩子身上发生起来却毫无顾忌。他们不必体验、思索，他们会干脆将一切吐露出来。

从莉儿的话语中我们可以知道，我们为什么需要童话，为什么要编故事，因为我们需要解释生活，需要解释生活中出现的以及过去和未来出现的我们不能理解的事情。

　　我们都会变成天使吗？天使是什么样子？如果我们将疾病想象为恶龙，将痛苦想象为战胜恶龙的红色骑士①，会对我们有帮助吗？

　　我真希望能坐在莉儿身边，同她一起讲故事，同她一起讲那个作为死亡的黑幕，讲那后边可能会出现的冒险经历；讲她父亲会不会成了在天上照顾她的天使，就像有时候，我会突然清楚地感到，我那死去的丈夫正在屋里走动。或者同她讲灵魂会不会从一个生命跳进另一个生命，会不会披上一张兽皮或人皮，或者鳞片。

　　莉儿这样小就知道了，生活中会得到又会失去。这里，她母亲将她的所想、所说记录了下来。我相信，通过这些经历，莉儿一定也了解到了另一个真理，那就是：属于我们的那个东西我们永远不会失去，这个东西就是一个人对我们的爱，这个爱就像心脏上的保

———————————
①骑士战恶龙是一个西方传说故事。——译者注

护膜，会永远将我们护卫。

这本书让我伤心的地方，不是莉儿对她的哀伤、对她眼泪的描述。这些本来就属于生活，我们每个人或早或晚都会经历。让我伤心、气愤的是，她没能感到有谁能分担她的哀伤。她失去了父亲，可是在学校没有人愿意提它，她的老师——如她所说——也没有时间关心这事；她母亲写道，莉儿竟然还遭到了耻笑。这一切都源自对死亡的恐惧，以及我们面对死亡时的无能为力。

在洛杉矶，丈夫去世后，我子女的经历与莉儿的完全不同。我们被来自四面八方的帮助环绕着，我们可以毫无忌讳地谈论死亡。安娜和本的学校还专门打来电话，询问他们怎样做，才能提供最好的帮助。老师和同学都主动关心我的孩子，抽出时间同他们一起回忆，一起哀伤。他们让我的孩子又能开口讲述自己的父亲，他们和我的孩子在回忆中一起哭，又一起笑。

在本的班里，孩子们一起为本做了一本书，书里是为本的父亲写的文字和诗句。在安娜班上，她的朋友和老师也做了类似的事情。安娜至今还在说，这些公开的举措给予她的帮助最大。那些日子，我们的邻居上门送上比萨饼；朋友们主动提出带孩子去海滨，或者带我去喝咖啡。尽管我并没有提出这样的请求，他们却能理解，人们在痛苦中往往没有能力去提这类请求。

亲人的去世会让我们失去很多。可它也会告诉我们，有很多东西还没有失去；告诉我们，他人的友谊和爱有多么珍贵。而独自面对这样的事实是非常痛苦的。我很欣慰，莉儿还有她的妈妈。我希望所有孩子、所有男人女人，当他们失去亲人时，会有许多亲友、邻人向他们张开手臂，帮助他们战胜哀伤。

如果莉儿的这本书能起到这个作用，岂不是个绝妙好事！

科内丽娅·冯柯

（德国青少年文学畅销书作家，现居美国）

我的女儿

2002 年，莉儿的父亲被确诊患有胰腺癌的时候，莉儿刚满三岁。2003 年年底他去世了。几个月后我写起日记。开始时，我只想同莉儿一起记录下我和她的生活经历，以及同她的对话。可我很快发现，这事并不让她开心。于是我改变方式，只留心记录她自然而然、脱口而出的话语，并加上日期。

一个孩子失去父亲或母亲，是非常悲哀的事，因为他们对父母的记忆会很快淡漠。我还渐渐意识到，我应该为莉儿制造一种记忆，好让她在"日后"寻觅。她随口说出的言语是一种记录，是她同她父亲关系的印记，是她哀伤经历的报告。在此我还很快注意到另一个事实：如果一个人幼年失去了父亲或母亲，这种哀伤给他们带来的痛苦和精神障碍，往往会出现在他们长大以后。这种情况我不希望发生在莉儿身上。

她父亲去世后的那些日子，我们的生活主要围绕着他的死亡，围绕着我们的哀伤。如今这种失落已经成了生活中自然而然的一部分。现在我还常常感到，莉儿虽然不是每天都会想到他的死亡，但一旦想起，受到的感触还会像最初那样强烈。

同大多数孩子一样，莉儿的世界是一个现实生活加童话世界、动漫世界、电视世界、神怪世界和幻想世界的混合体。

就这样，他父亲在天上得到了一席位置，成了一个精灵，一个天使，一个上帝的代表。莉儿知道我会记下她的想象，她对我说："妈妈，你不要写这个。"这样做真有助于保留她的记忆吗？我做得到底对不对？我常能感到，想起他会让她痛苦，再也不能想起他时，她也一样痛苦……

学校生活对一个孩子来说总是至关重要的。像其他孩子一样，莉儿也愿意成为大家的一员，不愿做个别分子。可因为她失去了父亲，她受到了同学的耻笑。每年父亲节那天，她都会很难过。

莉儿现在九岁，她更会用语言表达自己的感觉了。前不久她说，她非常非常担心会忘记父亲。我说，她父亲还会在节假日，在生活中的一些特别的时刻，不期而至……我的话让她心中的石头落了地。

卡琳·法内柯

2008 年 9 月

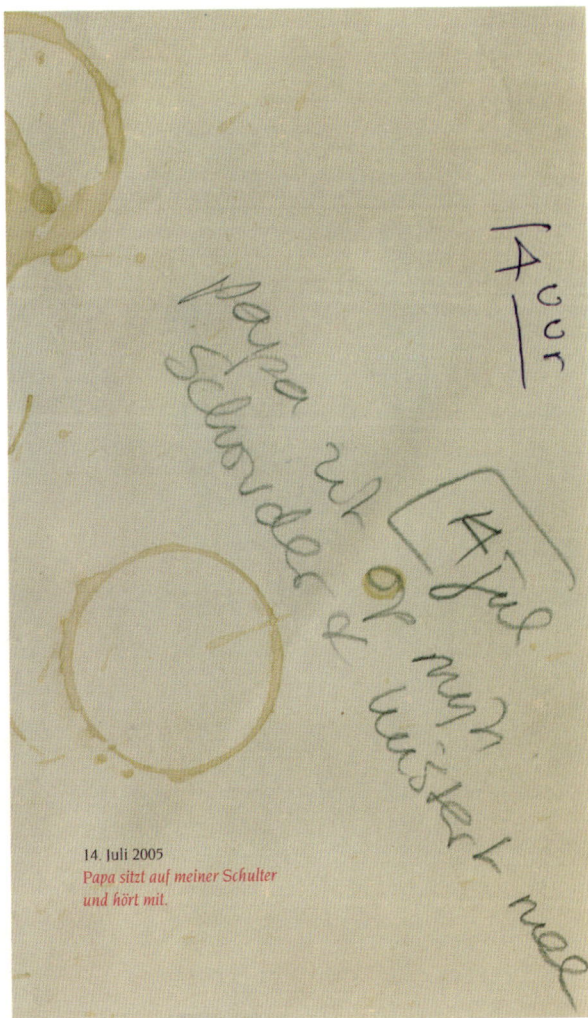

14. Juli 2005
*Papa sitzt auf meiner Schulter
und hört mit.*

2005 年 7 月 14 日

爸爸在我肩上，听我说话。

《布莱曼一家》，仿制品，原作为女画家汉妮·施多尔克 2004 年所画。莉儿 2007 年临摹。

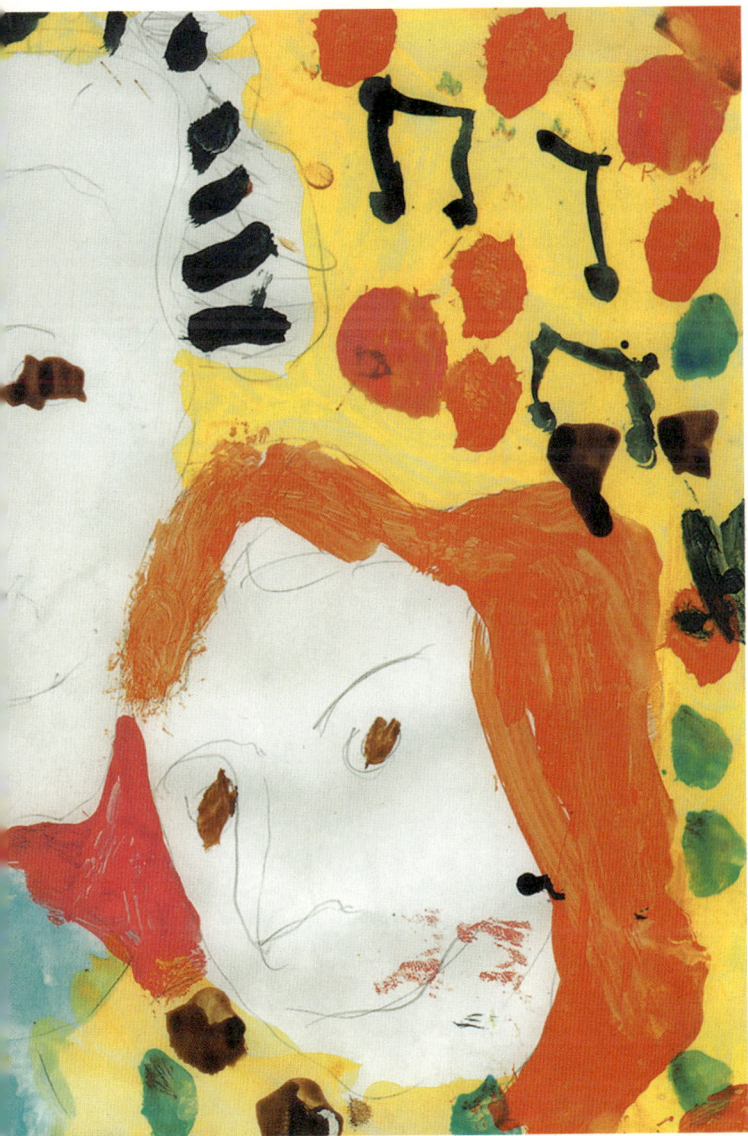

2003 年 10 月

　　在奶酪店，莉儿对售货员说，
我爸爸病了。

　　她觉得，售货员没有太懂她的意思，她又说，
他病得很厉害。
我爸爸病了，他肚子疼。医生给了爸爸很多药片，医
生要治好爸爸的病。

2003 年 12 月 27 日

　　大卫·布莱曼去世。

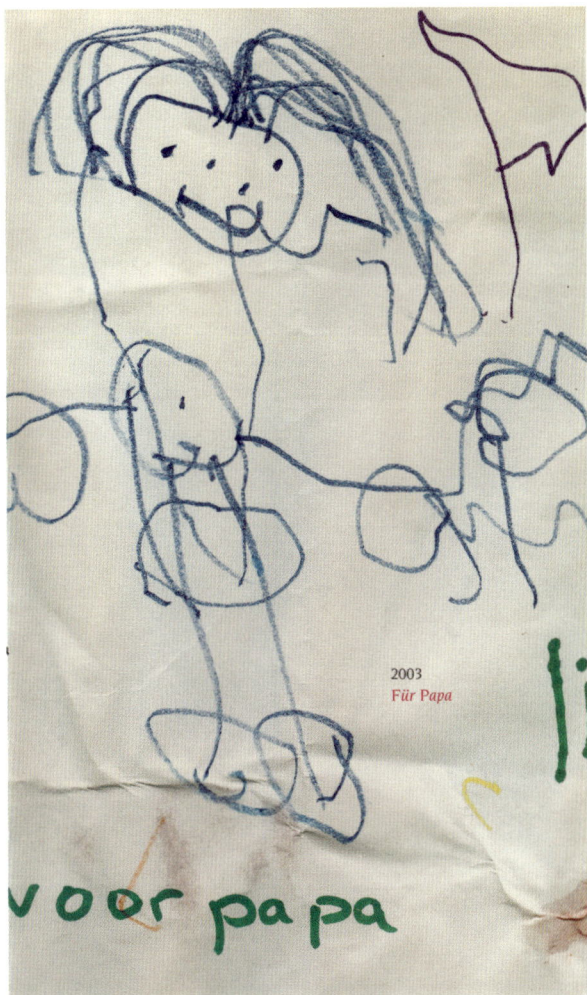

2003
Für Papa

voor papa

2003 年

给爸爸。

myn VAPEZ

TARZAN.

2003 年 10 月 29 日

父亲、莉儿、耶拉——莉儿的隐形女友、还有还是婴儿的莉儿。

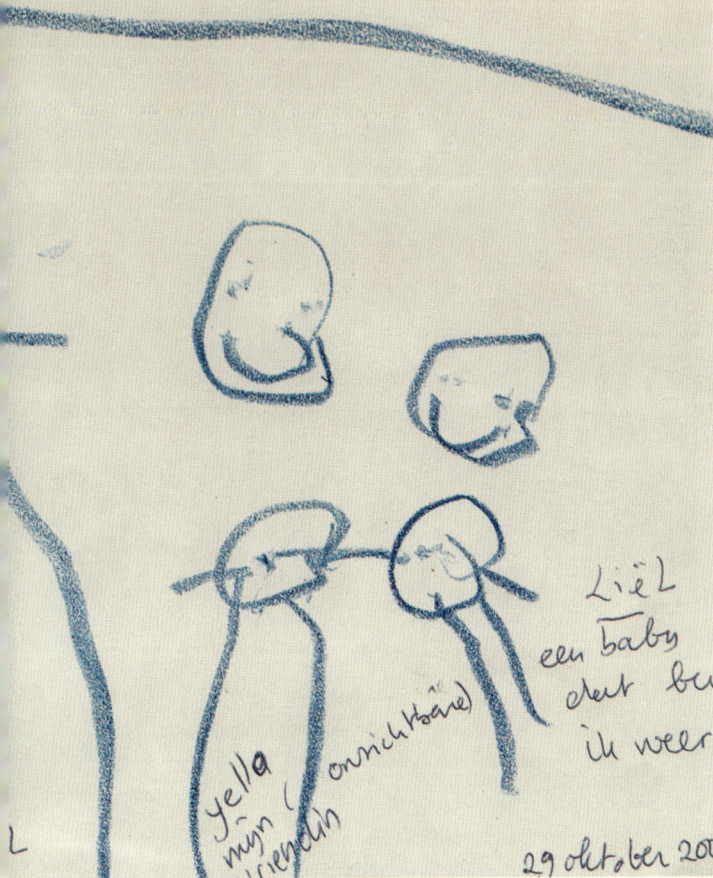

Liël
een baby
dat bu
ik weer

Yella
mijn (onzichtbare)
vriendin

29 oktober 200

2003 年 9 月 9 日

莉儿四岁

2004 年 4 月

爸爸病得很厉害，后来他死了。大家都来了，我们跟他告别。我送上了鲜花，是郁金香，粉红色的。在爸爸墓旁，我跟他告别了。爸爸的墓很远，很远。爸爸墓前有很多鲜花。我有点伤心，只有一点伤心。爸爸的墓很美。我们要买一个秋千，大家都可以在那儿荡秋千。

2004 年 5 月

爸爸还活着的时候，他有时去医院，有时回到家里。楼梯下面有个游戏角。那儿很好玩，有一次有人送来一块糖。爸爸那时候躺在床上，他也得到了一个棒棒糖，还有一个糖块。

爸爸很可爱。我想把芭比娃娃放在他的墓上。我的芭比很漂亮。

爸爸又来到我梦里，他说："莉儿，我回来了。"他不再生我的气，不再生我们的气，只生陌生人的气。

我一定要梦到爸爸，那样他又健康了。

2004 年 5 月 26 日

　　今天莉儿在墓地藏起来，吃了很多甜食。

下次我们给爸爸带很多糖来。爸爸喜欢吃棒棒糖，喜

欢吃糖。爸爸喜欢吃饼干，喜欢吃坚果，吃开心果。

2004 年 5 月 27 日

　　莉儿想在爸爸面前架个滑梯，这样所有死去的人

又能再活过来。

爸爸，你好。我画一张漂亮的画给爸爸。

2004 年 5 月 28 日

爸爸生病的时候，爸爸说，他要是死了，就再也不来了。

2004 年 5 月 29 日

爸爸很可爱，可是有时发神经。他放屁真好笑，爸爸

是海牛，他为自己放屁大笑，我也跟着笑。

2004 年 6 月 13 日

我过生日时，爸爸还活着。我脚疼，爸爸把我的脚治好了。

我有一点想爸爸，有时候我很伤心。有些东西我觉得很好，我觉得游乐场很好。有时候我不伤心。

爸爸总是打电话，他打了很多电话。

有一次我和爸爸在他车里，我自己开车，他坐在旁边。

爸爸病的时候，肚子很疼。他对医生说：“医生，给我一杯茶。”

21.6.2004

mama's auto

Eerst werd hij ziek
& dan werd hij dood
de dokter kon hem niet
beter maken.
Nu is hij bij de engeltjes.

21. Juni 2004
Erst ist er krank geworden, und dann ist er tot
geworden. Der Doktor konnte ihn nicht wieder
gesund machen. Jetzt ist er bei den Engeln.

2004 年 6 月 21 日

他先是病了，然后死了。医生不能治好他的病。现在
他同天使在一起。

爸爸的医生不能治好爸爸的病。我问医生，他为什么不能治好他的病？

我同姥姥谈了人死的事。姥姥说，她觉得我很可爱。她说，如果人老了就会死，或者人肚子疼，或者医生治不好。人老了会有很多皱纹。妈妈生气地看我时就有皱纹。

爸爸还活着时，他带我去了学校。我生日那天，他也送我去学校了。我给大家分了甜点，老师送给我一个粉红色的铅笔，上面有很多小小的心。爸爸送给我一只手表。我会读表了，可是我不说，只对爸爸说。

你知道，爸爸是什么样的星星吗？粉红色的。

爸爸和莉儿最喜欢的颜色是：粉红色。

2004 年 6 月 17 日

我跑了，我要去找爸爸。妈妈，我可以去看爸爸的墓吗？
我很想爸爸。爸爸没生过我的气。爸爸说过，我应该
在他跟前，不要走开。

2004 年 6 月 21 日

他先是病了，后来死了。医生不能治好他的病。现在
他同天使在一起。

我爸爸是以色列人。游乐场上我抽了一根绳，中奖了，
得到了一个绒毛熊。我现在有个新滑梯了，我叫它"米
兰达"，这个名字很好听，是我自己想出来的。

2004 年 7 月 6 日

在医院的时候，爸爸送给我一支棒棒糖，还有一个糖块。还有一个女士送我们糖了。爸爸也要糖。

我高兴的时候也会很想爸爸，因为他死了。他死了，所以他现在没病了。明天我们去看爸爸。我要给他带漂亮的花去，是粉红色的。我爸爸、妈妈和我都喜欢粉红色，我们三个人都喜欢粉红色。

我要学认字，这样我也可以给爸爸读书。爸爸有时候害怕，所以我要学读书。

我永远不会对爸爸调皮捣蛋。

2004 年 8 月 6 日

昨天我采了一朵许愿花，在上面吹一口，可以许愿。我希望爸爸再活过来，也希望妈妈活跃起来。

2004 年 8 月 8 日

这是游乐场。我和爸爸在这儿玩过碰碰车，爸爸握方向盘。我觉得这个小村后面很可怕。

我们去了农贸市场，给爸爸买了粉红色的鲜花。我们把花带到了爸爸的墓地。

2004 年 8 月 30 日

在学校里我有时同原来的女友们谈爸爸，我和这些女朋友以前在一个班里。爸爸死的时候，我在姥姥姥爷家，这点让我觉得很可惜。

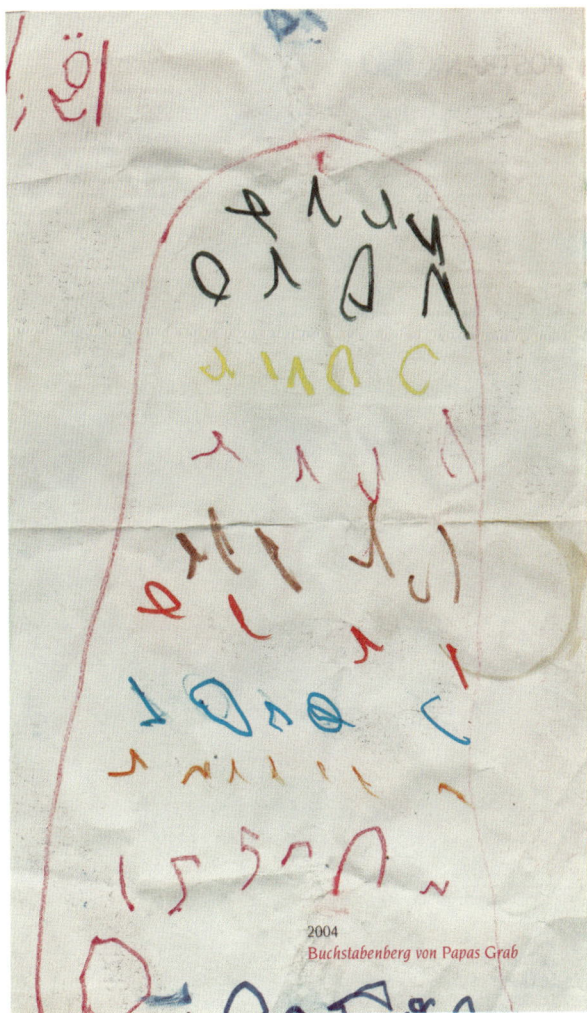

2004
Buchstabenberg von Papas Grab

2004

爸爸墓石上的字母山

8. August 2004
Es ist Rummel, ich bin mit
Papa Autoscooter gefahren.

2004 年 8 月 8 日

这是游乐场。我和爸爸玩过碰碰车。

2004 年 9 月 9 日

莉儿五岁

2005 年 3 月 31 日

爸爸，你好。可惜你在天上。你死了，我觉得真不好。
有时候我很伤心，我发现，我的眼泪是热的。
人哭的时候，会流水，水可以喝。

亲爱的爸爸，可惜你死了。碰巧我还有新鞋，有亲爱
的妈妈。我们自己问自己，你还会回来吗。好了，完了，
写完了。

昨天我去跳西班牙舞，我们学了一个很难的舞步。你
活着的时候，有一次你也来舞校了，你弹了吉他。你
弹得比玛雅好多了。

没有爸爸我真的什么都不是。他很富有，有很多钱。他
为我们买了房子，还买了很多毛绒动物。不写了。亲
爱的爸爸，我和妈妈向你致以亲切的问候。

2005 年 4 月 1 日

亲爱的爸爸，我要告诉你一些事。你死了，真不好。我
要告诉你，我要办一个聚会，一个大人的聚会。

亲爱的爸爸，妈妈今天允许我用她的计算机。我在计算机上玩得很好，给比吉姑姑画了什么。爸爸，你今天在学校帮了我，我觉得很好。我想画公主，可是我头晕了，我真的头疼了。你把我抱回家。家里没人。爸爸裤子兜里还有一把小刀。

我们班上的孩子都不说他们的爸爸，我觉得这很讨厌。可是我很想说。他们就让我停止说"没完的爸爸"。可是我不能不说我的爸爸。

2005 年 4 月 10 日
亲爱的爸爸，燕娜姑姑的猫下了三只小猫崽。今天我去看你了，给你带去了花园里的花。莉儿和妈妈吻你。

爸爸认为，我应该叫莉儿·布莱曼，因为爸爸认为，莉儿是个好名字，布莱曼也好听。

2005 年 4 月 12 日

爸爸最爱吃叶甘蓝烧熏肉，莉儿也跟爸爸一样。我不喜欢吃球甘蓝，可是爸爸喜欢吃，还有狮子肉。

爸爸还爱吃：土豆泥、红烧肉、土豆汤、肉——很多肉、煎鸡蛋、面包——很多面包、炸肉馅、山羊奶酪、酸黄瓜、橄榄果，不爱吃黄瓜、西红柿。

2005 年 4 月 25 日

我们的汽车停在花园里有十六个月了。

妈妈，我们可以在爸爸的车里玩吗？我有车钥匙。

"好吧，你试试，看能不能打开。"

钥匙插进去不是很合适，可是车门打开了。

我们得把鞋底蹭干净，不然会把车子弄脏。

我们需要一些袋子，来装爸爸的东西！妈妈，你看，有很多好吃的！

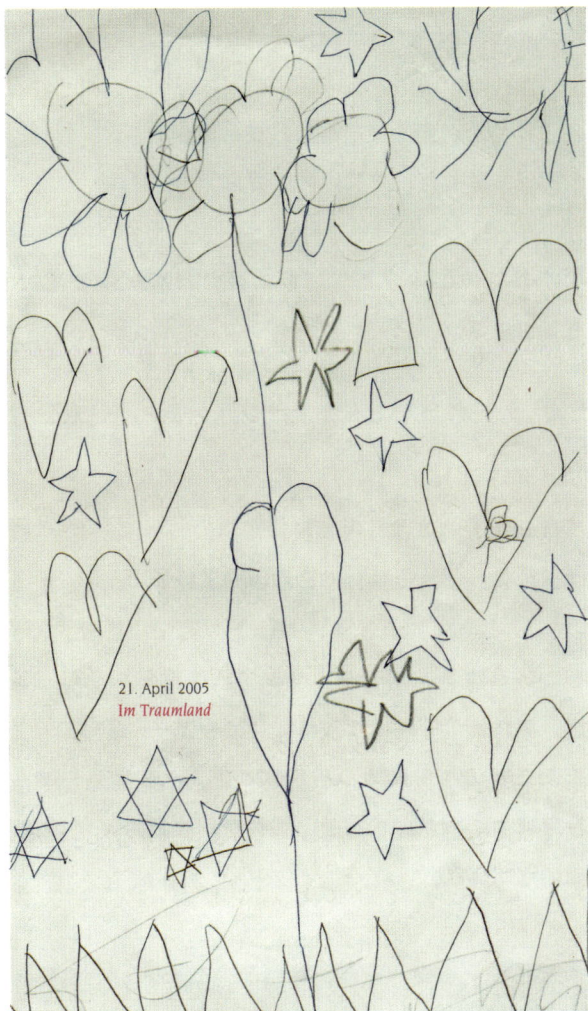

21. April 2005
Im Traumland

2005 年 4 月 21 日

我的梦中世界

我们把这些宝物搬回家，放到窗台上了。

今天晚上爸爸可以在窗户外面看见它们。

坐进爸爸的车里，我觉得很高兴。我能从心里感到，爸爸也很高兴。

2005 年 5 月 15 日

我在幼儿园的时候，德娅阿姨是我们的老师。有一次，爸爸来了，给我化妆。他把我画成了猫公主。

有时候我很喜欢谈爸爸。有时候我有很多话要对爸爸说。那我就真的跟他说，我转身对着窗户，跟他说话。天使在我们门前站着，不让坏人进来。可是我们哪儿都可以去。如果她们累了，她们可以在我房子里睡觉，她们可以休息。

我爸爸是一个助人天使，他总愿意帮助人，他也是一个热心天使。

2005 年 5 月 29 日

因为爸爸死了，所以我对你不好。对那个医生，我很生气。

2005 年 5 月 31 日

妈妈你可以给医院打个电话，跟爸爸的医生约个时间吗？我要问他，他为什么没有治好爸爸的病。妈妈，你一定要打电话，说我爸爸叫大卫·布莱曼。

2005 年 6 月 1 日

妈妈，我不能谈爸爸，我一谈爸爸就会哭。

2005 年 6 月 3 日

妈妈，我们为什么不能留下爸爸？

2005 年 6 月 5 日

要是医院只会招人弄死，我永远不要去医院。

妈妈，我爸爸得了什么病？

如果你想让爸爸再回家，那你得问墓地，看它能不能
招大卫再送出来。

2005 年 6 月 9 日

　　莉儿去她爸爸的医生那儿了。

有些奇怪的感觉，我有些不自在。

有些事情我懂，不过懂得不多。我知道人会得不同的
病，比如水痘。病太重就会死人。比如爸爸，肚子
很疼。或者很严重的水痘，过了年还不好的时候。
医生说，他能治好小孩的病，也能治好大人的病，可
是有的病治不好。

莉儿深深叹口气……

谢谢治不好，大夫。

爸爸生日时，我要送他一辆赛车。

2005 年 6 月

父亲节那天，莉儿在石头上画了一幅画。

本来是给亚历山大叔叔画的，可是这不好。

我担心，会有人告诉爸爸。

2005 年 6 月 14 日

　　车厢里坐着一个女孩，身穿粉红和白色格子裙。

　　莉儿向她走去。

我爸爸的衬衫也是这个样子，我不会给别人的，给我亿万欧元我也不会卖掉。

2005 年 6 月 26 日

这个星期爸爸会来。

2005 年 6 月 27 日

妈妈，我非常生上帝的气！

2005 年 6 月 28 日

一个家没有爸爸真不好。

2005 年 7 月 14 日

爸爸在我肩上，听我说话。

2005 年 8 月 10 日

妈妈，天气预报怎么说的？你再看看？

我听了爸爸的天气预报，他说，天堂也要下雨。

2005 年 8 月 23 日

你知道吗，我爸爸不是天使。他什么也不是。

　　"你怎么知道的？"

就是这么回事。

我听丹恩说的，真的。丹恩什么都知道。

　　"那你希望爸爸是什么样子？"

我就想让他回来，回家来。我很想爸爸。

2005 年 8 月 26 日

我很想他。

妈妈，如果你有了新的男朋友，你们要有小孩，我想要小妹妹，不要小弟弟。小弟弟烦人。

2005 年 8 月 30 日

　"莉儿，你是不是还有很多心事？"

没有很多。我就是很想他。

2005 年 9 月 7 日

　莉儿站在外面，望着天空。

妈妈，我看见我爸爸了，他和很多仙女在一起。

2005 年 9 月 9 日

莉儿六岁

2005 年 9 月 17 日

我去了姥姥姥爷家。我坐在沙发上，放声大哭。

妈妈，在学校老师一点不让我想我爸爸。

我四岁的时候，我爸爸死了。是不是？

2005 年 9 月 28 日

我从心里想念他。就是在我笑的时候，我也想他。

你知道，我最希望什么吗？我希望他再活过来，我又
能和他在一起，那该多好啊！如果我可以希望的话，
那我就希望，爸爸再活过来。

尼克出水痘了，水痘能传染。得水痘有时候还能死人。
医生也有可能治好爸爸的病，可是他们没治好。
　　"为什么没治好？"
反正没治好。

2005 年 10 月 3 日

今晚是犹太节日，因为明天是犹太新年。要吃很多蜂蜜做的食品。

妈妈，什么时候放焰火？这是我想的问题。我有一个好主意，我们明天下午去商店买花炮，花炮是给爸爸的。

2005 年 10 月 11 日

　　莉儿躺在床上，故事讲完了，她摇着她的玩具雪球。
现在可以想想我们有什么愿望。
我希望，我希望爸爸再活过来，那他就是国王，我就
是公主。妈妈，你当女王吗？

2005 年 11 月 5 日

爸爸死的时候，呼出了最后一口气吗？
可是我很想他。

2005 年 11 月 21 日

每个人都有骨架。爸爸也有。可是他的骨架死了。
人要是没有骨架，人就是瘫的。人死了，可还有骨架。

妈妈，我还知道爸爸的样子——很帅的样子。

2005 年 11 月 27 日

　　莉儿跟一位小朋友玩时，说：

我爸爸，我爸爸还活着。

　　"不对。"

对我来说，就是这样。

2005 年 11 月 29 日

如果你也死了，那就剩下我一个人了，我会想你们，

我就得自己去学校了。

妈妈，如果你总说死，那我就会这么想，我就会哭。

哭得伤心死了。

2005 年 12 月 1 日

妈妈，你以为，我在你肚子里的时候，是个男孩子。

可是爸爸可以看到肚子里，知道我是一个女孩子。

爸爸总是最爱我。

2005 年 12 月 2 日

死了就是，再也醒不过来了。

2005 年 12 月 3 日

学校里所有人都说，我爸爸在他们家里。

他们胡说！

爸爸活着的时候，他总要撒尿。如果谁想装死，他也

得总撒尿。

2005 年 12 月 6 日

如果爸爸死的时候，孩子还小，这很不好。可我已经

大了。

2005 年 12 月 7 日

妈妈，别想爸爸，要不你总哭……

妈妈，想些美事吧。

咳，比莉，我听说你爷爷死了，真不好，是不是？我
爸爸死的时候，也特别不好。

比莉的爷爷死了，我觉得真不好。昨天他还活着。他
很可爱。

2005 年 12 月 10 日

妈妈别打搅我，我正跟爸爸说话。

亲爱的爸爸，我特别想你。你活着的时候，总是保护
我们，现在我有时候会害怕。

2005 年 12 月 11 日
等我以后有了男人，我就把爸爸穿的衣服都给他。

　　莉儿走进爸爸的书房，提起睡衣的一角，行了一
个屈膝礼，说：
亲爱的爸爸，睡个好觉。

2005 年 12 月 12 日
我闻到他的味儿了。

2005 年 12 月 14 日
爸爸是天使和精灵的国王，天使个子高，精灵个子小。

爸爸，今天晚上有个聚会，你也来吗？因为有个死人
也要来，他是个外国人。妈妈，什么是外国人？差不
多谁都不知道以色列，是不是？

亲爱的莉儿，亲爱的卡琳，

我把莉儿的房间收拾好了，得到了一块饼干。今天晚上有一个聚会。你们也来吗？

祝好。

爸爸

2005 年 12 月 16 日

今天晚上爸爸带我参加了一个游泳节，他是坐马车来接我的，大马都很漂亮。

2005 年 12 月 18 日

我觉得我很孤单，因为我没有爸爸，没有兄弟姐妹。

2005 年 12 月 19 日

爸爸死的时候，我在姥姥姥爷家。然后过了圣诞节，
然后我又回家了。我觉得爸爸死了，这很不好。

2005 年 12 月 22 日

等你把房子装扮漂亮了，他就会来。
如果他不觉得美了，那他一定死了。

爸爸把我的床铺好了，爸爸真好，是不是？
我醒来以后，跟爸爸亲热了，还跟他一起玩了。

爸爸怎么死了？

2006 年 1 月 5 日

我每年都把脑袋空出来装其他东西。
可是爸爸的东西我都保存起来了。

到处都是爸爸的味道，是香水的味道，爸爸用了很多
香水。

2006 年 1 月 6 日

我知道，以色列是怎么回事。我爸爸原来在以色列，
这可真逗。

如果你想爸爸，你总得用他那招快刀。

2006 年 1 月 8 日

这儿周围，就我一个人没有爸爸，我觉得这很糟糕。

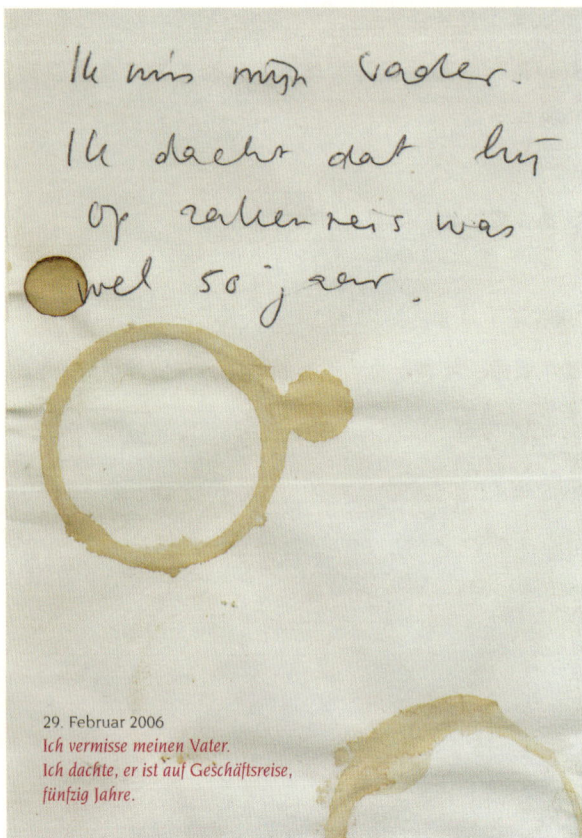

29. Februar 2006
Ich vermisse meinen Vater.
Ich dachte, er ist auf Geschäftsreise,
fünfzig Jahre.

2006 年 2 月 29 日

我很想我爸爸。

我想，他出差了，要走五十年。

2006 年 12 月 20 日

妈妈，你知道吗？今天晚上爸爸跟我们一起吃饭了。

他很喜欢吃奶酪土豆和苹果泥。

2006 年 1 月 9 日

沃特和彼得气我，说我没有爸爸。

他们说："你也会死，很快就会死。"

妈妈，爸爸会做些什么？他跑得快吗？

2006 年 1 月 10 日

爸爸病了，他知道会死，他很生气，他使劲叫。

爸爸很生上帝的气，因为上帝让他死。

2006 年 1 月 15 日

妈妈，我不想上学。我已经学了一些了，爸爸教的。

2006 年 1 月 16 日

在我屋子里，今天是爸爸日。我们今天晚上吃蛋糕，
蛋糕是看不见的，我是公主，你是女王，爸爸是国王，
是上帝。

2006 年 1 月 19 日

妈妈，我们能不能每个星期天都去爸爸墓那儿？我们
可以做些美好的事，比如种些花？

我一想到爸爸，心里就不是滋味。

2006 年 1 月 20 日

爸爸不在了，我觉得很遗憾，因为我过六岁生日的时候，他不在。

2006 年 1 月 24 日

我肚子里有一个球，我一想爸爸，球就变大。它会越来越大，妈妈，我心里就是有心事。谁都不跟我玩，除了诺阿。

2006 年 1 月 27 日

爸爸那天说，他要出差，也许明年才能回来。我对他说："爸爸，一路平安。"

"他坐飞机去的吗？"

不是，他飞去的。

2006 年 2 月 11 日

爸爸差不多把我们都忘了，后来他送来了这朵玫瑰，说："送给你，莉儿。"

2006 年 2 月 13 日

爸爸什么都不能给我，因为他不在了。我觉得这很不好。

2006 年 2 月 15 日

妈妈，妈妈，爸爸也渴了，他也跟我一起喝水了，剩下的我放在桌子上了。后来天黑了。如果到了半夜，水都没了，那可很奇怪。那你得叫醒我。

2006 年 2 月 17 日

我四岁的时候，爸爸每天都和我一起做很美的工艺品。

2006

Ich bin eine Meerjungfrau, und ich suche Papa im Meer.

2006 年

我是一条美人鱼，我在海里找爸爸。

2006 年 2 月 18 日

妈妈，爸爸还在的那些年，我是不是每天都过生日？

2006 年 2 月 25 日

我有两件很不好的事。一个是，我爸爸死了；另一个是，差不多没人愿意做我的朋友。

2006 年 2 月 27 日

妈妈，谁能排好二十个鸭子，谁就可以许一个愿。那我希望，爸爸再活过来，那他又可以开车送我上学了。

2006 年 2 月 28 日

爸爸还上班的时候，回家时总给我带回什么好东西。所以我有很多好东西。

我很想我爸爸。我想，他出差了，要走五十年。

2006 年 3 月 1 日

妈妈，有一次我和爸爸去麦当劳吃早点，很好吃，有酥油羊角面包和炸薯条。

2006 年 3 月 2 日

妈妈，要是爸爸还活着，我们去哪儿他都会开车送。会送我去古斯雅家，再接我回来。爸爸特别好。

2006 年 3 月 5 日

我也想有一天不提爸爸。就一天，明天是最后一天。

2006 年 3 月 17 日

妈妈，咱们家有几年了？

　　"三十年了。"

那就有鬼了。

　　"你怎么知道？"

爸爸说的。

　　"什么是鬼？"

它们很可爱，我们睡觉的时候，它们来。它们吃甜食，
从柜子里偷饼干吃。这是爸爸说的。

你半夜睡得很死。后来我来了。是爸爸把我放到你床
上的。

2006 年 4 月 5 日

妈妈，我的心疼，因为爸爸死了。

2006 年 4 月 7 日

妈妈，我不穿睡衣。今天我一晚上都不睡觉，我要跟爸爸搞个聚会。

妈妈，爸爸一直还在你这儿睡觉。

2006 年 4 月 10 日

昨天我和爸爸去了天上商店，我把我的零花钱都花了，买了钻石手镯。不过不要告诉别人，学校里的同学会觉得很奇怪。

2006 年 4 月 11 日

昨天晚上我和爸爸比赛刷牙，比了一晚上。牙膏很香。它闻上去香不香，这并不重要，重要的是，牙膏很干净。

2006 年 4 月 17 日

我爸爸死了。以色列的男人、女人活得并不特别长，可是他特别坚强。妈妈，爸爸是什么样的人？

2006 年 4 月 18 日

灰姑娘的爸爸也死了，也得了癌症。

妈妈，我会照顾自己，是爸爸教的。

2006 年 5 月 8 日

妈妈，我不愿意想爸爸。我一想爸爸就肚子疼，爸爸那时候也肚子疼。我不想说这件事。

妈妈，你为什么喜欢上了爸爸？他为什么死了？

爸爸应该是个木乃伊，木乃伊永远不死。
我们得把他挖出来。地里的小动物是不是都把他吃光了？

2006 年 5 月 13 日

因为爸爸我每天都很伤心。生气和伤心是一回事。我也可以又高兴又伤心，又伤心，又生气，又高兴，又不高兴……我都可以。

2006 年 5 月 14 日

在出租车里。

这辆车真棒！我爸爸的车也很棒，特别棒。车里有很多小抽屉，很神秘。

有出租车，这真好，要不，我们只能走路。

我爸爸死了。

"这不好。可是就没有别的美好的事了吗？"

有啊，学校是好事，体育也是好事。

2006 年 5 月 18 日

妈妈，爸爸什么时候死的？

"十二月。"

十二月哪天？

"二十七号，刚过完圣诞节。"

我为什么得去姥姥姥爷家？我还想抱抱爸爸，跟爸爸
说再见。现在我特别想他。

除了警察，我爸爸做了好多好多事。

妈妈，爸爸是怎么生病的？
癌症飘在空气里吗？

2006 年 5 月 21 日
我本来是爸爸的宝贝，现在我是妈妈的宝贝。

过生日的时候，我什么都跟爸爸说。半夜我们还一起
喝酒，喝儿童酒。

爸爸饿了，他吃了两块饼干就没事了。

嘿，妈妈，爸爸说他想你。五十年的假期，时间太长了。

2006 年 5 月 30 日

我没有爸爸了，可是其他孩子觉得挺好玩。他们说"她没爸爸，她没爸爸"，我觉得这很不好。

2006 年 5 月 31 日

妈妈，这个菜我们用别的办法做，是爸爸教我的。

妈妈，我们家里有四个人死了。我的太爷爷、太奶奶、我爸爸和奶奶。

我自己去楼上玩，我反正没有兄弟姐妹。
妈妈，我的生活也应该和其他人一样，所以我跟尼克玩。

在学校我们常常谈以色列，可是从来不谈爸爸。我不想同老师谈，她们不懂我为什么难过。我告诉了她们，可是她们说"难爸爸"，这让我觉得有些奇怪。我每天都要想他，想五次，不是，是六次。

2006 年 6 月 12 日

我总想让别人难过——因为我爸爸死了，我心里有火。

2006 年 6 月 15 日

妈妈，我们在家的时候，你得给爸爸点上两支蜡烛，我把我的金牌放在中间，他就变成了金子。

2006 年 6 月 27 日

奶酪就是好吃。爸爸爱吃的就是好吃。爸爸认为这儿的奶酪特别好吃。

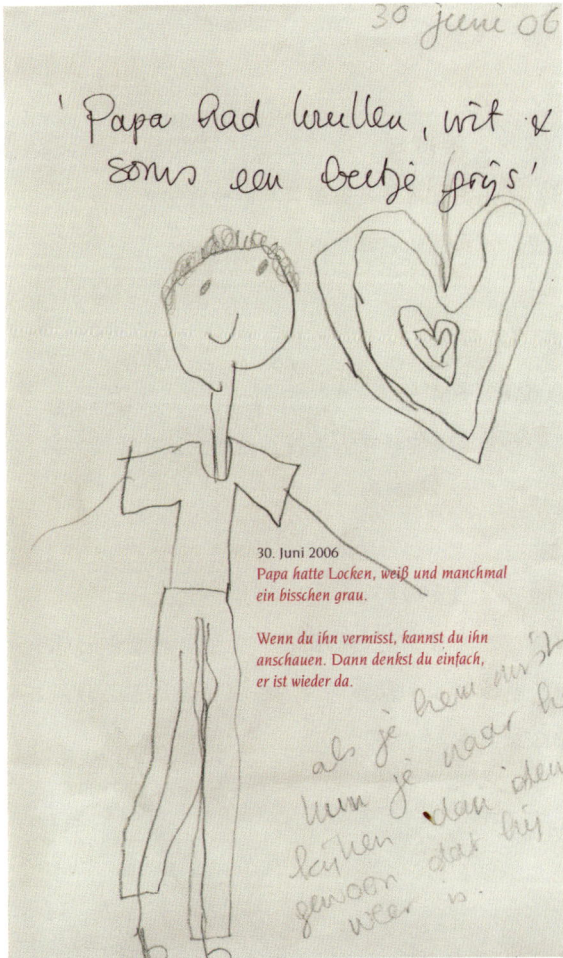

'Papa Rad lurullen, wit &
sons een beetje grijs'

30. Juni 2006
Papa hatte Locken, weiß und manchmal
ein bisschen grau.

Wenn du ihn vermisst, kannst du ihn
anschauen. Dann denkst du einfach,
er ist wieder da.

2006 年 6 月 30 日

爸爸的头发有很多卷儿，头发是白色的，有时有些灰。
如果你想念他，你可以在这儿看看他。那样你就会
觉得，他还活着。

71

2006 年 6 月 30 日

妈妈，妈妈，我真是爸爸最美的玫瑰吗？

妈妈，我是不是总帮爸爸忙了？

2006 年 7 月 4 日

我有一点天使的头发，是爸爸给的，这会带来好运。

2006 年 7 月 14 日

妈妈，我爱爸爸。你知道为什么吗？我想做什么，他
就让我做什么。我真想哭。在姥姥姥爷家，我差不多
把房顶哭开了。

31. August 2008

Das bin ich, wenn ich später ein Engel im Himmel bin. Wenn ich zu Papa gehe, sehe ich so aus. Ich wäre gern ein Engel, dann könnte ich zu Papa.

2008 年 8 月 31 日

这就是我，以后我到天上做天使，就是这个样子。如果我去找爸爸，就这个样子。我很想当天使，这样我就可以见到爸爸了。

2006 年 9 月 9 日

莉儿七岁

2006 年 9 月 20 日

妈妈，我想爸爸。

　"你怎么知道？"

因为我的心在轻轻跳。

2006 年 10 月 6 日

妈妈，我们聊聊爸爸吧？

你也认为爸爸是个漂亮男人吗？

2006 年 10 月 18 日

所有的爸爸都来参加赛跑了。有的孩子谈爸爸比谈妈
妈谈得多。我就说："别说了。"因为我想我爸爸。那
他们就来气我，因为我没有爸爸。他们说："莉儿没有
爸爸，莉儿是个小野孩儿！"我不告诉老师，不然他们
气我气得还会厉害。就让他们说吧。

2006 年 11 月 20 日

想爸爸的时候，我什么也听不见，因为我只想爸爸。

如果你姥姥死了，你觉得好吗？我爸爸已经死了。

2006 年 11 月 22 日

活着的时候只能做一次天使。不是，如果人死了，就是两次。如果人死的时候是天使，那人就又会变成人。

2006 年 11 月 28 日

我要告诉迪迪，我爸爸死了。

　　"为什么要告诉？"

我的朋友都该知道。气我的孩子，我不告诉他们。

妈妈，那是爸爸的浇花水壶，看见它，你会马上想到他。

2006 年 12 月 4 日

每天晚上爸爸都问我，他可以到我床上来睡觉吗。我每次都说，可以。

2006 年 12 月 6 日

月亮是爸爸家乡的星球。星星是房子。爸爸飞到月亮和星星上了。上帝也一样。

我想爸爸的时候，不能收拾房间。

2006 年 12 月 18 日

妈妈，爸爸到底叫什么？

"大卫。"

那个牧羊人、约瑟夫、马利亚和婴儿耶稣的故事里，
牧羊人就叫大卫。

有时候我忘了，爸爸叫大卫。我觉得这并不很糟。可
是如果我忘了爸爸，这很糟，我很害怕我会忘。
那样的话，我会五个星期无法睡觉。
在学校有时候我忘了爸爸，只忘了一分钟，不是两分钟。
我每个星期都想他，因为他每个星期都来看我。

你们吵架了，可是你们没有对我说，我觉得很不好。

2006 年 12 月 19 日

我每天都跟爸爸谈他死了的事。

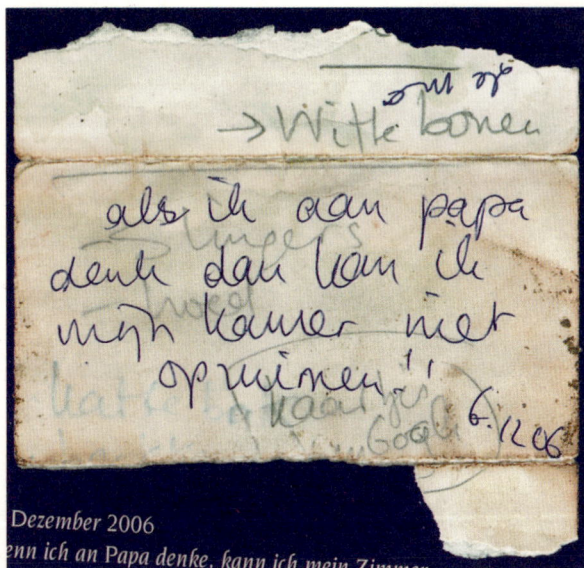

2006年12月6日

我想爸爸的时候，不能收拾房间。

2006 年 12 月 20 日

妈妈，你知道吗？爸爸今天晚上同我们一起吃饭了。

他很喜欢吃奶酪土豆和苹果泥。

2006 年 12 月 22 日

爸爸死了，你还活着，所以你也等于离婚了。

2006 年 12 月 23 日

圣诞节是从以色列来的，是不是？爸爸也是以色列人，

所以他知道很多。

2006 年 12 月 26 日

妈妈，我们聊聊爸爸吧？

妈妈，他最后说什么了？你应该写下来："再见，妈妈，

再见，莉儿。我爱你们。"

2006 年 1 月 5 日

　　莉儿喜欢骑马。可是她害怕马棚里的大马。

妈妈，我害怕。

　　"你为什么不说呢？"

我已经跟爸爸说过了，他想变出一个更好的马棚，而且他真的变出来了。

我害怕的时候，告诉爸爸了。爸爸惩罚马棚了，把所有的马都赶了出来。

　　"你想谈谈爸爸吗？"

想，没有爸爸我什么也做不好。

一条漂亮的白裤子，一件漂亮的白夹克，一件衬衫，黑黄相间，上面有一架银色的飞机，一双漂亮的金鞋，还有一双银袜子。

他是精灵中最富有的，真的。

他的头发还像从前一样，看上去很好看。

他也跟从前一样，跟一个女人结婚了，这个女的长得有点像你，不过她看上去很阴郁。她总让他洗衣服。

他不会阴郁，可是他会经常发怒。现在我去睡觉。

2007 年 1 月 16 日

妈妈，我想把爸爸的什么东西放在我床上，请给我一张照片。不要照片，要什么可以揉搓的，给我一件他的 T 恤衫吧。

2007 年 1 月 18 日

妈妈，我给你画一张爸爸，你就可以想他了。

我屋子里有很多照片，可是你没有。

2007 年 1 月 19 日

在一个女朋友家。

你可以来我们家玩吗？来的时候带上你的芭比娃娃。

我们玩过家家吗？

2007 年 1 月 20 日

我不吃蘑菇。因为有些蘑菇里有精灵和仙女。

现在我们得沉默一分钟，想念爸爸。

　　"必须在吃饭的时候吗？"

对。

　　十秒钟之后。她小声说：

妈妈，我可以吃肉吗？

2007 年 1 月 23 日

　　说到一把椅子。

那是爸爸买的。我坐着很合适。

2007 年 2 月 1 日

有些先生很友善，可是很没有意思。

爸爸很友善，但不是没有意思。爸爸比他们强五百倍。

2007 年 2 月 5 日

妈妈，座谈会什么时候开，就是给没有爸爸的孩子开的座谈会？

　　"你想去吗？"

想去。因为他们理解我，跟诺阿一样。

2007 年 2 月 6 日

除了诺阿，差不多全学校的人都不理解我，老师也除外。有些老师也没有爸爸或妈妈了。她们理解我，这很重要。这对我很重要。她们有的父亲死了，我觉得这很不好。这些老师理解我。她们理解我，我觉得很重要。除了女孩子，学校里差不多所有的孩子都气我，所有的男孩子。

妈妈，我终于七岁了。爸爸已经死了四年了。我满七

岁了，可是爸爸死了四年了。今年我该八岁了，那他就死了五年了。^①

夜里三点。

她小声说话。

我告诉了爸爸很多事。今天他在我们这儿睡觉，他很高兴。

2007 年 2 月 10 日

妈妈，这是希伯来文^②字母。你知道，我是怎么知道的吗？

这是很早很早以前爸爸教我的。

---

①此处莉儿计算有误，实际此时她的爸爸去世三年了。——编者注
②希伯来文：犹太人的民族文字。——译者注

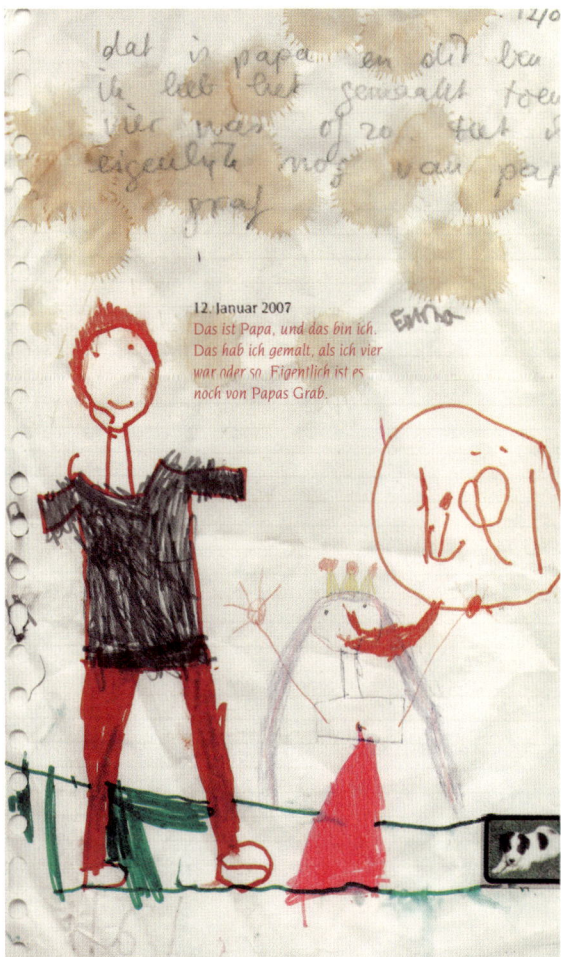

12. Januar 2007
*Das ist Papa, und das bin ich.
Das hab ich gemalt, als ich vier
war oder so. Eigentlich ist es
noch von Papas Grab.*

2007 年 1 月 12 日

这是爸爸，这是我。

这是我四岁或者什么时候画的。其实是在爸爸墓
前画的。

尼克气我的时候，我总会想到爸爸。我在幼儿园的时候，他们也气我了。可是爸爸说了什么，就好些了。

2007 年 2 月 12 日
我睡觉的时候，爸爸总亲我。

2007 年 2 月 13 日
你得画爸爸。因为我总是画不好天使的衣服。

2007 年 2 月 18 日
我一看见奶酪饼就会想到妈妈、爸爸，还有你……从现在开始，你不许再烤三个奶酪饼了，它会让我流眼泪的。

2007 年 2 月 20 日
  "你梦见什么了？"
梦见了你和爸爸。
  "还有呢？"

我不说。

　　"为什么不说？"

说了会感到不如意。

2007 年 2 月 21 日

　　莉儿参加了一个活动，参加活动的孩子都没有
父亲。

诺阿，什么东西让我都搞丢了？

　　"你的笔都丢了。"

不是，是什么人。

　　"那是你爸爸。"

　　我们的外表在说：我很想他。我们的心在说：我
非常非常想他。

2007 年 3 月 10 日

第一，爸爸最会爬树，妈妈不会。

第二，妈妈总坐在计算机前，爸爸不会。

爸爸总和我一起看电视。

2007 年 3 月 27 日

我坐着真舒服，爸爸正在给我按摩。

2007 年 3 月 29 日

爸爸死了以后，你就总工作。

2007 年 3 月 30 日

我管爸爸叫血缘大使父亲①。

---

①这是因为莉儿的妈妈是德国人，她们一家生活在德国，而莉儿的爸爸是
以色列人。——编者注

2007 年 4 月 1 日

妈妈，你也知道，我觉得你的做派不很好，我觉得爸爸的最好。

2007 年 4 月 11 日

我爸爸死了，可是我不想要继父。科恩有一个继父，可是他的生父还在做很多好事。

2007 年 4 月 14 日

我穿上了爸爸的 T 恤衫。爸爸很高。人死后，就像天一样高，也像上帝一样高。

2007 年 4 月 20 日

飞行员的女儿肯定也会开飞机，没有驾机执照，也能开得很好。这就是先天本能。

你知道吗，耶稣在以色列生活过？我爸爸见过他。

我爸爸总讲他经历的冒险故事，有点奇怪，可是很好听。

2007 年 4 月 25 日

妈妈，我看书看得不快。这肯定是爸爸遗传的。他看书看得也不快，是不是？

爸爸可以出去，可以走出灌木围墙。他看着我们。他的一部分心在我们心里。

　　"莉儿，去刷牙！"

妈妈，我能不能再想想爸爸？学校里没意思，大家都笑话我。在骑术学校也是。那我就做别的事。就待在家里。

2007 年 4 月 29 日

妈妈，这段音乐很好听，好像是爸爸为我演奏的。

2007 年 5 月 20 日

　　莉儿的狗叫洛拉。

妈妈，如果你躺在我身边，我会看到一颗心，心上有我们的名字，还有爸爸的，洛拉的。

2007 年 5 月 23 日

莉儿和一个女朋友去了墓地。

你看，爸爸有邻居。一个，两个，三个，四个，六个，八个，九个，十个，爸爸有十个邻居。

你知道吗，我爸爸什么时候死的？

"不知道。"

他死的时候，我在姥姥姥爷家。你看，这是一个小甲虫，我把它放到我爸爸墓上。先放下它的头，然后它的脚就出来了。

妈妈，明天我可以带一块海绵吗？那样我可以把邻居的墓擦干净。

你知道那儿为什么有柱子吗？

"不知道。"

柱子是刚刚有的。

爸爸，我们现在把你打扫干净。

2007 年 6 月 5 日

妈妈，安葬爸爸时谁来了？对了，他的朋友来了，也是犹太人。他们安葬的方式很特别。路上站满了人，我们站在最前面。

妈妈，爸爸的衬衫你存好了吗？那件粉红色的呢？它们都可以做我的睡衣，这样我还可以闻他的味儿。等我长大了，它们就是我的衬衣。知道我为什么总要去你那儿睡觉吗，因为这样我就可以闻到爸爸的味儿。他到处都喷了香水。

妈妈，你可以把爸爸的照片取下来吗？它们让我伤心，看见它们我就想哭。

妈妈，爸爸常做什么？
他总送我上学。后来他不送了。

他爱我，他生病的时候也爱我，直到他死。我觉得，这是最不好的一天。

2007 年 6 月 12 日

妈妈，在学校里我们为父亲节做了点什么。我们画了
红心，我还写了一首诗。

我直想哭。明天我要过两次母亲节。

爸爸，我很想你。

2007 年 6 月 15 日

爸爸的东西我永远不会忘记。

我出生的时候，你们特别高兴。

有一件事我忘了，我出生的时候，是不是全家人都在。

　　"谈爸爸，你觉得难过吗？"

有点难过。我会伤心。我用孩子的话来解释，可是你
不懂孩子的话。

　　"咱们现在去墓地看爸爸好吗？"

不要，最好今天晚上去。那样我就能看见爸爸的灵魂了。

2007 年 6 月 19 日

我很担心，爸爸可能根本没有死。他从坟墓里爬出来，去找另一个女人了。他去了阿姆斯特丹，或者去了以色列，因为他觉得咱们这儿不好，他想要另外的孩子。

我考虑了这件事。他没说他认识我们，没说扔下我们不管了。

忽然他又回家来，想住在咱们家里。咱们说不行，因为他把咱们扔下不管了。

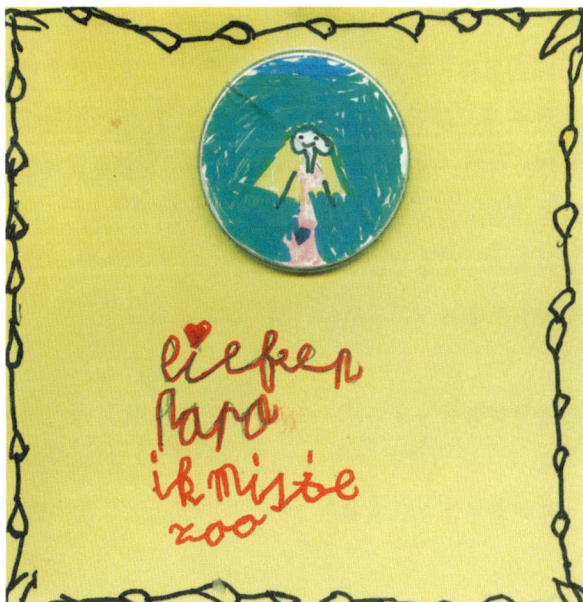

2007 年 6 月 17 日

今天是父亲节。画上的字我全背着写出来了①。

---

①画上的字是荷兰文：亲爱的爸爸，我想你。——译者注

2007 年 6 月 23 日

妈妈，黑地方让我觉得不舒服，我会想奇怪的事情。
会想爸爸，想他让什么给弄死了，比如让一条恐龙。
我想让你抱。你的手臂很温暖，爸爸也总想要你的手臂。

谢天谢地，父亲节过去了，
母亲节我要送你很多很多礼物，因为爸爸死了。

他要是更好的父亲的话，他就不会死。

上帝无意中杀了我爸爸。

爸爸是因为受惩罚生的病，这也是上帝不知道的。这
是上帝无意中做的。上帝还把他造成了一个天使，这
是一个错误。
这让爸爸成了一个国王。如果上帝病了，爸爸就会是
上帝。

父亲节前几天，有几个人管我叫"没爹小姐"。我不跟
其他孩子谈爸爸，他们只会气我。
父亲节前几天，他们说："这件事我要跟我爸爸一起做。"

2007 年 6 月 25 日

妈妈，我做了一个讨厌的梦。我梦见，爸爸死了，而且就在我身边。

爸爸活着的时候，是个专家，他用这个、那个做机器。

2007 年 6 月 27 日

妈妈，爸爸什么时候得癌症的？每个人都会得癌症吗？是不是爸爸的癌症特别特别厉害，所以医生真的没有办法治好？

我那时在哪儿？我多大？我四岁的时候，他死了。

2007 年 7 月 4 日

你没爱上哪个女孩，你爱上的是爸爸。

爸爸又高又大，又聪明又可爱。

你爱上爸爸的时候，爸爸是什么颜色的？

2007 年 7 月 24 日

也许医生可以治好爸爸的病。

2007 年 8 月 13 日

爸爸爱你，你知道为什么吗？因为你们有了孩子。如果一个人爱另一个人有一百磅那么多，那他会得到比孩子好得多的东西。你们爱你们有一百升那么多，所以你们有了我。

2007 年 8 月 15 日

妈妈，我去跳舞，只是为了爸爸。如果人死了，上了天堂，鲜花非常重要。有一朵花看上去很像爸爸，它有一个爸爸一样的脸庞。

有时候我很生爸爸的气，可是在心里却很想爸爸。他死的时候，我要是在他身边多好。

我很想见到爸爸。所以我总是钻到你床上。

想念的感觉很难过。上帝什么忙也帮不了。上帝很笨。

爸爸很像一个跟芭比娃娃跳舞的王子。只是头发不一样，睑庞却是一样的。

和爸爸在一起的时候，我们常一起笑。如果有人受到亲吻，受到抚摸，我就会热泪涌上眼眶，我就会想爸爸。

如果我可以许愿的话，永远是这一个，让爸爸活过来。我甚至相信有精灵。

我只跟他生活了四年。

有时候我真希望时间倒转。

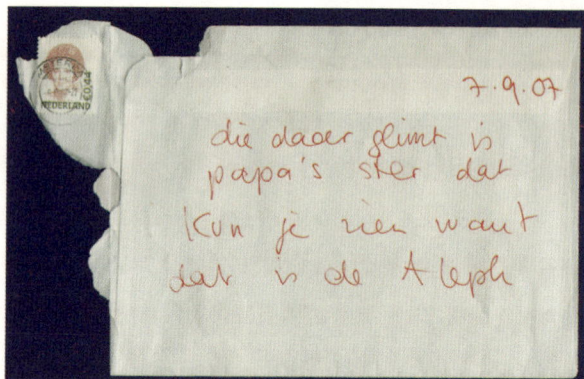

2007 年 9 月 7 日

闪亮的，是爸爸那颗星星。你能看到，它叫 Aleph[①]。

---

① Aleph：希伯来文第一个字母。——译者注

2007 年 9 月 9 日

莉儿八岁

2007 年 9 月 25 日

我的家不再完整了。

　　下雨了。

妈妈，上帝在哭。

　　"你怎么知道？"

爸爸在我耳边小声说的。

我们可以在院子里放一个爸爸信箱吗？这样我们可以

每天写信，每年取一次信。

2007 年 9 月 27 日

爸爸死的时候，我还想看他一次。

2007 年 10 月 25 日

妈妈, 爸爸死了为什么要登在报纸上①?

我太想爸爸了。爸爸为什么会死, 为什么?

为什么有的人鼻子里插着小管子? 爸爸那时候也有小管子, 是不是?

得癌症的人也有可能出现心脏骤停。

我常想爸爸——想他又回来了, 想他根本没生病。

在学校我们从来不谈爸爸。大家通常谈时髦的衣服, 或者闲扯。

---

① 指讣告。——译者注

忽然下雹子，又打雷，雹子比一包爆玉米花还多，我的泪水把一半房间都打湿了。

爸爸在天上，在家里的另一些人那儿。

我总要讲我爸爸死了，我觉得这没什么不好，因为他们总是忘记。

我得到了很多书。我也把书送给诺阿和连。这样他们也可以读书，可以知道我对生活的想法。

2007 年 11 月 8 日
上帝啊。他应该让别人得这个病。最近我同爸爸谈了上帝，在他的生活里上帝没做什么好事。

2007 年 11 月 20 日
妈妈，爸爸死了多长时间了？四年了？你和他在一起多长时间了？十五年了？我只有四年。

2007 年 11 月 22 日

妈妈，这里有爸爸的味儿。

2007 年 11 月 27 日

妈妈，爸爸的生日在十二月，是不是？是哪天？是星期一？噢，这可是伤心的一天。

爸爸那颗星是最大的。那是月亮，我要和上帝一起到月亮上去。

2007 年 11 月 28 日

爸爸死了，我觉得很不好。我想马上回家。

2007 年 11 月 30 日

我很想爸爸，所以我把他放在枕头下面。

2007 年 12 月 17 日

妈妈，今天我们得点一根蜡烛，今天是爸爸的生日。

2007 年 12 月 19 日

你算什么妈妈？还是爸爸帮我解开了衣服。

2007 年 12 月 20 日

如果没人知道爸爸死了，就不会有人气我了。

如果爸爸是学校的校长，那多好，那我就是小公主。

妈妈，从爸爸生日开始，我一直很难过。

2007 年 12 月 22 日

爸爸照片上有眼泪。我难过的时候，就会拿照片来看，眼泪就会落到上面。

2008 年 1 月 17 日

妈妈，我知道你为什么都写下来。这样等我以后长大了，就可以读了。

妈妈，你还有爸爸的照片吗？我想放到枕头下面。我伤心的时候，可以亲亲爸爸。

2008 年 6 月 14 日

画能表达出很多东西，能表达出我的感觉。

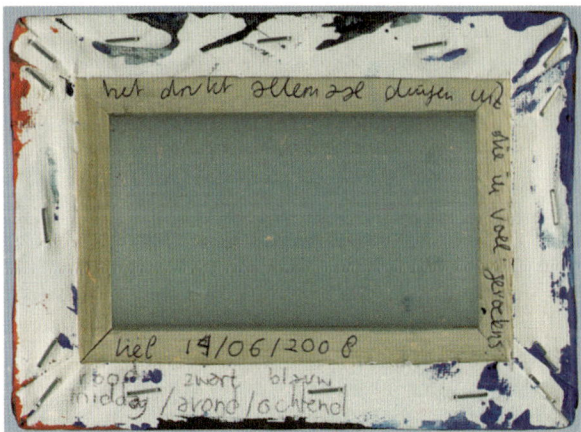

109

2008 年 2 月 3 日

要是爸爸还活着，吃饭的时候桌子旁就不会这么空。

2008 年 2 月 20 日

要是爸爸还活着，我们会跟爸爸一起去以色列度假。

2008 年 2 月 21 日

我一直想着爸爸，所以一直睡不着。

　　"你常想爸爸吗？"

常想。

　　"都想了什么？"

我想我最好快点死，死了就可以见到爸爸了。

等到 2100 年，就会有什么东西出现，这个东西可以让
人再活过来。

上帝为什么要允许人死呢？

在我脑子里，爸爸还是清清楚楚的，清楚极了。

2008 年 4 月 7 日

妈妈，如果爸爸还活着，他可以跟我玩儿。

2008 年 4 月 22 日

妈妈，我还梦想着，有一天爸爸会跑进屋子。我一直
这样梦想。

2008 年 5 月 19 日

妈妈，爸爸对女人的品位很高。

　　"为什么？"

因为你和我 T 恤衫上的女人。

2008 年 5 月 22 日

半夜我醒来，爸爸成了天使。

　　"他是什么样子的？"

跟从前一样，只是还要好看得多。你会有个感觉，如果跟他在一起，你也会飞。

每次满月的时候我们都到月亮上去，到死去的家人那儿去。我们全家都是以色列人。然后可以睡好觉。

　　谈她的老朋友——老狗吉德，它快死了；还谈她的小狗洛拉。

吉德是条黑白花狗，洛拉也是。为了还要吉德这样的狗，我才挑了洛拉。白色是吉祥，黑色是走开。白色是：我爱你。黑色是：什么时候都可能离去。

但愿吉德会好起来，不会死掉上天。

　　谈一位失去了父母的成年女朋友。
对她不像对小孩子那样糟糕。她是大人了，才没父母，她已经跟父母生活过很长时间了。

2008 年 6 月 9 日

妈妈，要是我那时能替爸爸死就好了。

他本来活得好好的。

他死了，尽管我笑，我还是很想他。这不是一个好笑

话——可以放心的是，他没听见。

2008 年 6 月 19 日

妈妈，这本书不厚，可是有我最深的感情。

2008 年 7 月 15 日

天使的茶是凉的，不过爸爸还是能喝。

2008 年 8 月 5 日

妈妈，那是游乐场，还有碰碰车。

你还知道吗？我跟爸爸玩过一次，我们的车是粉红色的。

　　"你怎么还记得它？"

那是我生命中最美好的时光。

2008 年 8 月 14 日

　　姥姥姥爷的狗突然死了，它叫埃斯克。

所有我认识并且死去的，都停放在一个木棚里了。那是
一个幻想世界。

2008 年 8 月 22 日

　　"你还总想爸爸吗？"

想，而且总想。我做什么的时候，吃土豆泥的时候，
因为我们差不多每天都做土豆泥。

爸爸已经死了四五年了。我一年比一年大，也越来越
爱爸爸。小时候，我很想他，可是这只能让我难过。
在学校里，我是唯一一个没有父亲的孩子。

我六岁的时候，爸爸死了三年了，是不是，妈妈？现
在他死了九年，不是，是三年，不是，是四年，不是，
是死了五年了。

2008 年 8 月 27 日

妈妈，我真希望，爸爸还活着；真希望，医生把他治好了。

你还有很多回忆，可是我只有四年的。

2008 年 8 月 29 日

莉儿在思考这本书的书名。

我爸爸是个天使。

我爸爸是个天使，为此我很骄傲。

2008 年 9 月 5 日

　　书将出版。莉儿非常关心，她的问题一个接着一个。

以前我对他的思念不很多。

现在我对他的思念要多得多。

现在我知道，我多么需要他。

特别是在父亲节的时候。

其实我只能送给他四件东西。

其实就两件，还有些年我还没上学。

是不是，妈妈？

我那天为什么在姥姥姥爷那儿？

当时我不在，这很不好。在姥姥姥爷家我听到消息的时候，我刚刚收拾好行李。然后我还得等两天……等三天。

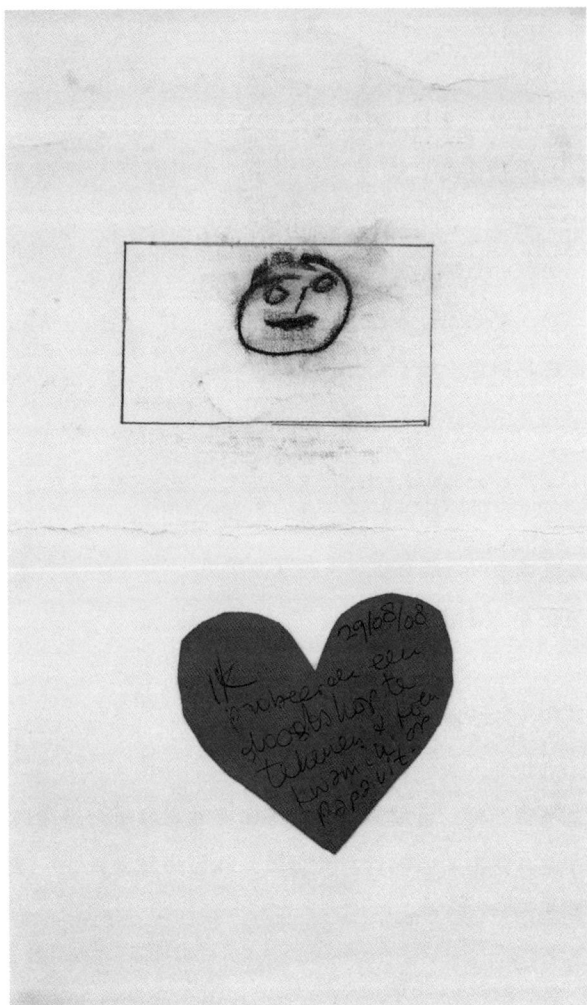

2008 年 8 月 29 日

我想画一个死人头，结果成了爸爸。

妈妈，他在哪儿死的？

"在医院。"

为什么不在家里？

妈妈，为什么上帝让爸爸死了？

医生为什么不能治好他？

医生一定很年轻，医生一定给他打错针了。这我知道。

2008 年 9 月 6 日

　　莉儿满脑子都是这本书，她想了很多问题。为了参加十月份的新书展示会，她得到了一双新鞋。她母亲问：

"如果你想爸爸，你主要想什么？"

想他的开朗。

想美好的日子。

想同爸爸在一起的美好日子。

我爸爸已经死了。

"你爸爸现在是什么?"

他在星星上看下面的我们。

他是一个男天使。

他每天都在照看我们。

　　"你有时候跟他说话吗?"

每天都说。

　　"都说什么?"

说我怎样想念他。

*Party zum siebten Geburts-
tag. Selbstporträt im
Van-Gogh-Museum.*

　　莉儿七岁生日的聚会上，在梵·高博物馆里画的
自画像。

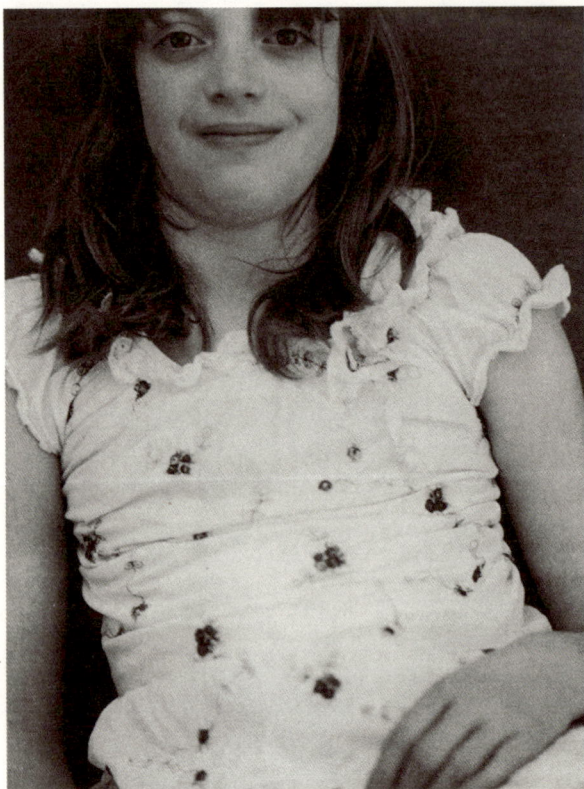

2008 年 1 月 17 日

妈妈，我知道你为什么都要写下来。这样等我以后长
大了，就可以读了。

幼儿与死亡

儿童总会以这样或那样的方式接触死亡：家里某位亲戚去世了，祖父或祖母去世了，或者某只挚爱的家养宠物死了。而这本书里的莉儿，小小年纪就失去了父亲，通过她的母亲，人们可以对她丧失父亲后的种种反应有所了解：她受到震惊，感到哀伤，试图理解，有时也会感到振奋。这本书看似不厚，却难以让读者在火车里读完。它的文字和画面充满童真，却太沉重，让人能体察悲情起落循回的详尽细节。

这里莉儿表述了她对死亡的想象，用她的话语表达了她这个心理发展阶段对死亡的感受。一个孩子能不能理解死亡的不可回转性，这是他认知发展过程的重要标志。两岁半前的孩子，一般能注意到父亲、母亲的变化，但却不能理会。因而，如果父母一方离世，他人无从知晓他们的反应。有些孩子还会以为，出了有趣的事，会表现得很快活。

儿童在五岁时可以进行形象思维了。死亡对于他们会是个短暂离别。他们会问："爸爸什么时候回来？""他现在在哪儿？""为什么……不回来了？"小孩子难以用语言表达他们的感受和思念，他们更愿意通过画面、通过幻想或者在游戏中来表达。

七岁以后的孩子，对死亡的终结性比较容易接受，会表现出强烈抵触和哀伤。也有可能影响睡眠和饮食，会有恐惧感，惧怕分离。还有些孩子会回避死亡，就好像什么都没发生。

有些孩子则论及死亡，说他们见到死者了，同死者交谈了，以此得到安慰。为了再见到死者，这个年龄阶段的孩子，也可以想象自己的死亡。

每个孩子以至每个成年人，对待死亡的方式都不一样。然而他们都需要时间来感受痛苦，需要时间来接受失去亲人的事实，需要时间将死者在自己内心安置好，需要时间平复内心，继续生活。这本书正是一个对死亡认知、感受过程的真实描写。

孩子失去至亲之后，父母可以对孩子走出哀伤的阴影提供很多帮助。首先他们可以给孩子讲述一些细节。没有得到解释的孩子会依靠自己的想象来寻求解释，在此，他们的想象常常比现实糟。小孩子的想象中，自己往往就是世界中心，他们很快会想到，是他们做错了什么，造成了死亡。

许多父母会根据自身与孩子交往的经验，尝试同孩子交谈。如果感到时机成熟，千万不要等太长时间再开口。在此还应注意，十分钟、十五分钟的谈话对一个孩子来说已经太长了。给出细节时，也要考虑孩子年龄的接受程度。交谈时，如果孩子情绪激动，受情绪左右，也属于正常情况；重要的是不要让孩子回避悲伤、愤怒。

小孩子十分需要安全感、受保护感。在失去一方至亲后，这种需要还会加强。由于这种失落有可能造成孩子的迷惑，所以尽可能保持生活常规至关重要。这就是说，孩子应照常去托儿所、幼儿园，照常上学，不要改变原来的饮食时间、上床时间、睡觉时间。您也可以在可能的情况下，将可信任的第三者引入，以得到生活上的帮助。尽管经历了生活变数，但通过维护常规，还会让孩子感到生活的有章可循。

要与一个孩子长期交往并给予帮助，最重要的是要同他保持接触。保持接触的方式很多，可以进行短短交谈，读适宜的书籍，或者进行幻想游戏。谈话中不要回避死亡话题，要直截了当，讲述发生的事情，历数过世人的优点及缺点；回忆往事时，可将过去的一些细节同一定的生活常规联系起来。这样孩子从中可经历情感生活的变化，学习对情感的表达，失去的亲人也会在他们心里得到新的位置，比如成了天使，就像莉儿做的那样。

不过您也要有思想准备，孩子的情绪变化会大起大落，会出现反复。每个生活阶段、每个心理发展期开始时都常出现新问题。对此您不要惊诧，要充分信赖孩子，给予他们关爱保护，随时倾听他们的心声。

能出版这本书，对莉儿和她母亲是一件非常重要的事。阅读其他病友的描述、报道常常是心理治疗中的重要内容。通常的情况是，这会促使病友自己也拿起笔。莉儿的母亲在此起了很大的促进作用。

伊福娜·施蒂克布洛克和玛丽肯·施普吉

伊福娜·施蒂克布洛克女士是荷兰乌特勒支大学残疾儿童教育学专业的讲师，并且是青少年心理医师，在大学门诊部从事临床治疗。

玛丽肯·施普吉也是乌特勒支大学残疾儿童教育学专业的讲师，也在大学门诊部从事临床治疗。

这个大学门诊部是乌特勒支大学社会学系的一个下属部门，专门对失去亲人的青少年进行救助，帮助他们平复哀伤。

2008 年 6 月 19 日

妈妈，这本书不厚，可是有我最深的感情。

图书在版编目（CIP）数据

爸爸是天使／（德）布莱曼（Braitman,L.）著；郭力译. —北京：新星出版社，2012.1
ISBN 978－7－5133－0396－5

I. ①爸… Ⅱ.①布… ②郭 Ⅲ. ①儿童文学－日记－作品集－德国－现代
②儿童画－作品集－德国－现代 Ⅳ.①I516.86②J239

中国版本图书馆CIP数据核字（2011）第195281号

MIJN VADER IS EEN ENGEL
By Liël Braitman © 2008 by Miramah House
This edition arranged with
Miramah House c/o Marianne Schönbach Literary Agency and Barbara J.Zitwer Agency,
through The Grayhawk Agency
Simplified Chinese edition copyright © 2011 New Star press
All rights reserved
著作权登记图字：01－2011－5261

爸爸是天使

（德）布莱曼（Braitman,L.）著；郭力 译

责任编辑：高微茗
责任印制：韦 舰
装帧设计：李 冰

出版发行：新星出版社
出 版 人：谢 刚
社　 址：北京市西城区车公庄大街丙3号楼　 100044
网　 址：www.newstarpress.com
电　 话：010－88310888
传　 真：010－65270449
法律顾问：北京市大成律师事务所

读者服务：010－88310800　 service@newstarpress.com
邮购地址：北京市西城区车公庄大街丙3号楼　 100044

印　 刷：北京尚唐印刷包装有限公司
开　 本：787×1092　 1/32
印　 张：4.25
字　 数：19千字
版　 次：2012年1月第一版　 2012年1月第一次印刷
书　 号：ISBN 978－7－5133－0396－5
定　 价：20.00元